AF582715

Historias de un maulino

Manuel González Morales

HISTORIAS DE UN MAULINO

Editado por: Corporación Ígneo, S.A.C.
para su sello editorial Ediquid
José Olaya 169, Ofic. 504, Miraflores. Lima, Perú
Primera edición, julio, 2024

ISBN: 978-612-5160-08-9
Tiraje: 50 ejemplares

Hecho el Depósito Legal en la Biblioteca Nacional del Perú N° 2024-06141
Se terminó de imprimir en julio de 2024 en:
ALEPH IMPRESIONES SRL
Jr. Risso Nro. 580 Lince, Lima

www.grupoigneo.com
Correo electrónico: contacto@grupoigneo.com | Teléfono: +51 955 071 270
Facebook: Grupo Ígneo | X: @editorialigneo | Instagram: @grupoigneo

Colección: Nuevas Voces

Contenido

Prólogo

Comencé a escribir este libro en el verano del año 2023 en Talca. Frecuentemente pensé, durante los años anteriores, en las historias que mi padre me contaba y en lo bueno que sería que más gente pudiese leer estos relatos. Así que di el primer paso para inmortalizarlas en el presente libro y así honrar a mi padre.

Historias de un maulino trata sobre algunas anécdotas de Juanito, el protagonista, narrando los sucesos que le ocurrieron a medida que crecía, experiencias increíbles que hicieron que su vida fuera más emocionante y se formase como persona.

Juanito, era un niño de 11 años que vivía junto a sus padres y hermanos en el fundo Mirarío, ubicado en la localidad de Maule, una comuna rural de la provincia de Talca. Él, era un niño sencillo, sociable y apegado a su familia. De esta forma, comenzaremos el viaje introduciéndonos en la vida del protagonista.

Capítulo 1
Juanito y el león

La Cordillera de los Andes, que se extiende a lo largo de la séptima región de Chile, fue una vez el hogar de una rica y diversa fauna y flora autóctona. La zona era conocida por albergar al puma chileno, que solía bajar de las altas cumbres para cazar potrillos, terneros y ovejas. Los lugareños solían relatar cómo cazaba cuanto animal pequeño encontrara a su paso y cómo una vez que lograba introducirse en un corral de ovejas, la mayoría de ellas se convertían en víctimas de este temido felino.

Debido a su existencia sanguinaria y al hábito de matar para guardar reserva de alimento, una vez que consumía lo que había cazado, volvía al lugar para seguir alimentándose. Esto ofrecía la oportunidad perfecta a los lugareños para darle muerte, ya fuera con guaches con alambres de freno de bicicleta, con armas de fuego, con los perros o simplemente esparciendo estricnina en la carne dejada oculta. Como resultado, la especie ha sido diezmada a tal punto que son pocos los pumas que quedan en la región.

Sin embargo, a pesar de su disminución, los pumas chilenos todavía se pueden encontrar en el extremo austral del país gracias a las zonas protegidas por leyes, donde la flora de árboles nativos es abundante y la tala indiscriminada no existe. Además, estas áreas, por lo general, no tienen una red vial desarrollada, lo que hace que la densidad poblacional sea baja.

Una noche de verano Juanito, junto a un numeroso grupo de parientes, se encontraba de vacaciones en el fundo Curillinque, camino a Cipreses. La noche era fresca y la fogata ardía en el centro del amplio patio donde estaban sentados tomando mate de leche, compartiendo queso y pan amasado.

La madre de Juanito estaba contando historias sobre los peligros que acechaban la zona, incluyendo encuentros con pumas y otros animales salvajes. Ella relataba las veces que el puma había hecho daño en el fundo, matando algunos animales; sobre la persecución de alguna persona que se defendió con un lazo, un cuchillo o algún palo; la muerte de perros defendiendo el hogar de sus amos y las veces que el felino impedido de cazar por su avanzada edad o alguna lesión, a fin de evitar morir de hambre, se arriesgaba frente al hombre del que normalmente huía. Estos relatos tenían a la concurrencia en completo silencio y, de vez en cuando, Juanito y los demás miraban a su entorno asustados, rodeados de enormes sauces, capulíes por un costado y una chacra de maíz detrás de una gran cerca de mora seca por el frente.

Todos escuchaban con atención, mientras la noche avanzaba y la oscuridad se apoderaba del lugar. Los más pequeños se acurrucaban junto a sus madres y los mayores observaban el entorno con cierto nerviosismo. Estaban rodeados de enormes árboles y la casa se encontraba a cierta distancia, lo que aumentaba la sensación de aislamiento y vulnerabilidad.

De repente, un silencio prolongado se apoderó del lugar y todos escucharon al unísono un extraño sonido que parecía venir de la cerca de mora seca que rodeaba el patio. Los más pequeños se aferraron a sus madres y los demás se levantaron para observar qué ocurría. De pronto la Yayi, la más miedosa del grupo, miró con detenimiento un lado de la cerca y se encontró con dos ojos iluminados que la miraban en la noche. Al ver eso, gritó con angustia:

—¡¡¡UN LEÓN!!! —Todos volvieron la cabeza y vieron dos ojos brillantes que parecían mirarlos fijamente, como si fueran a lanzarse sobre ellos. La tensión en el ambiente aumentó y el grito de espanto de las mujeres no se hizo esperar. En un instante, Juanito y el grupo corrió con gran estrépito hacia la casa, entre llantos de niños y gritos en general. Entraron en uno de los dormitorios, donde cerraron una enorme puerta de madera con tranca.

Dentro del dormitorio, los niños se acurrucaron con sus madres y estas se abrazaron mientras la Yayi, arrodillada en el suelo, rezaba con fervor, juntando sus manos y tiritando de miedo: «Santa María, madre de Dios…».

La tensión en el aire era palpable y todos esperaban escuchar algo inusual. El silencio era sepulcral y hasta los más valientes temblaban de miedo.

Finalmente la Nena, otra prima mayor y la más valiente, se atrevió a acercarse a la ventana y correr la cortina para mirar al exterior. Con un suspiro de alivio exclamó:

—No es un león, es el perro de la casa que se está comiendo el queso.

Todos corrieron a la cortina para ver y, en efecto, era el Celaje, el enorme perro regalón, que estaba disfrutando de su cena de pan amasado y queso fresco.

La tensión se disipó y el grupo se rio de la situación, aunque algunos todavía temblaban por la impresión. La madre de Juanito continuó contando historias hasta altas horas de la noche, aunque esta vez sin tanto dramatismo. La noche terminó sin más sobresaltos y todos se durmieron tranquilos, sabiendo que aunque la naturaleza podía ser impredecible, también había espacio para el humor y la alegría.

El fundo Curillinque era un lugar tranquilo y hermoso, rodeado de montañas y bosques, además de todo tipo de aves y especies hermosas. Todos se sentían agradecidos por poder disfrutar de unas vacaciones en familia en ese lugar y, a pesar del susto inicial, la noche había resultado ser una experiencia memorable para Juanito y todos los demás.

Capítulo 2
Juanito y el piquero en las moras

Todos los años, la familia por parte de la madre de Juanito se reunía para vacacionar en el fundo Curillinque, en la localidad de Cipreses. En esos años explotaba la crianza de ganado y la siembra de papas y trigo. Los tíos de Juanito visitaban su hogar junto a sus hijos, de edades desde los quince y veinte años, sumando casi treinta personas, entre cónyuges, hijos y nanas. El verano había llegado, la temperatura del ambiente era la ideal y el viento soplaba suavemente, entregando una brisa fresca. El cielo estaba despejado y, debido a ello, en la casa de los González González, mientras los primos conversaban, surgió la idea de ir a pescar al río Maule que estaba a unos cuantos metros. Juanito, al escuchar la conversación, se emocionó y quiso acompañar a sus primos a pescar, pues esta era una de sus actividades favoritas, pero debido a su estatura y por ser uno de los menores era complicado llevarlo, ya que había que pasar por algunos cercos con alambre de púas, algunos lugares con arbustos de mora y piedras grandes, complicadas de pisar, por lo que había que ayudarlo a pasar por casi todos los sitios para que pudiese avanzar.

Es por eso que los primos se pusieron de acuerdo para no llevarlo y dejarlo en la casa, cosa que a Juanito le desagradó, haciendo que soltara un llanto y una rabieta por querer ir con ellos al río.

Al final, los jóvenes emprendieron su camino al río y Juanito se quedó llorando en la casa frustrado por no poder acompañarlos.

El padre de Juanito lo miró y se compadeció de él, así que, para que dejase de llorar, le prestó su caballo para que pudiese pasear por la parcela y se entretuviera mientras sus primos volvían.

Juanito se limpió las lágrimas, se levantó del suelo y corrió al establo, contento de que podría usar el caballo de su padre. Él se lo preparó, poniendo los estribos, las riendas y la silla de montar, para luego dejar a Juanito sobre la montura.

Una vez listo, Juanito con una gran sonrisa en su rostro comenzó dar una vuelta por el lugar, pero de inmediato se le ocurrió una idea. A lo lejos aún divisaba a sus primos caminando hacia el río con sus cañas y equipo de pesca por un camino que quedaba junto a una pista de carreras a la chilena que había en el sector, por lo cual decidió burlarse de ellos mostrándoles que tenía el caballo de su padre y ellos no. Así que cabalgó rápidamente en dirección a los jóvenes por la pista de carreras y al llegar al punto de partida, quedando al lado de ellos, exclamó:

—Miren, el papá me prestó su caballo y a ustedes no. ¡Ja, ja, ja!

De repente, la yegua del padre de Juanito miró de manera instintiva la pista, pues ella solía correr en ese lugar tanto en las competiciones como en las prácticas, así que sabía lo que tenía que hacer estando parada en el punto de partida.

Se giró de forma abrupta y comenzó a galopar a toda velocidad, haciendo que Juanito se aferrara a la silla de montar y a la brida con desesperación. La yegua corría tal y como en las competencias, dando todo de sí; se veía cómo las piernas de Juanito se estiraban hacia atrás sin que tocase la silla, suspendido en el aire, asustado y gritando de miedo mientras llegaba al punto de meta.

La yegua, al llegar, se detuvo de golpe y giró hacia un costado en donde el padre de Juanito solía amarrarla después de la carrera para que descansara, pero no fue el caso de Juanito, quien salió despedido, cayendo de cabeza en un gran arbusto de moras lleno de espinas.

La reacción de sus primos no se hizo esperar; se preocuparon por él de inmediato y corrieron a ver cómo estaba, pero al ver que el niño estaba bien comenzaron a reírse a carcajadas, ya que solo se veían los pies de Juanito sobresaliendo del arbusto.

Algunos de ellos estaban tratando de ayudar al niño a salir, ya que este no podía porque las espinas tenían atrapada su ropa, además de tener varias clavadas en su cabeza y algunos rasguños en el rostro; otros estaban riéndose a más no poder y el resto fue a buscar al padre de Juanito para sacarlo del arbusto espinoso. Mientras el niño lloraba a gritos entre las ramas, solo podía escuchar la tijera podadora cortar las ramas y a su padre diciendo:

—¡Por Dios, este cabro leso!

Entre risas, Juanito aprendió la importancia de no burlarse de los demás, ya que, de lo contrario, las situaciones pueden tomar un giro inesperado y complicado.

Capítulo 3
Juanito y el Tonto

La vida a veces da y a veces quita, así dice el dicho. Pero, como sabemos, el hecho de disfrutar la vida, aprender de las vivencias que hemos tenido y disfrutar de esos momentos valiosos que nos hicieron sonreír, es lo que nos hace humanos.

El padre de Juanito trabajaba como administrador del lugar donde residían, lo que les permitía vivir en una casa hecha de madera y adobe que se encontraba a unos metros de la casa patronal. El lugar era amplio, con prados verdes y algunas siembras; estaba rodeado de viñas y a unos cuantos metros estaba el río Maule en donde Juanito, como todos lo conocían, solía bañarse y pescar junto a sus hermanos. De los 7 hermanos, él era uno de los mayores, destacándose por ser un niño tranquilo, cariñoso, muy alegre y protector de su hermanita Berta, la menor de todos.

Un día, la madre de Juanito le pidió que cazara unas aves para comer, como lo hacía de vez en cuando. El niño tomó su escopeta y partió en busca de zorzales, perdices o tortolitas, lo que apareciera lo derribaría, tenía muy buena puntería.

Iba caminando por el potrero, buscando con sigilo algún ave que cazar, cuando de pronto, a lo lejos, notó cómo una yegua miraba un lodazal profundo de manera inquieta. Eso extrañó a Juanito, se acercó y vio un potrillo atrapado en el barro con sus patas apuntando al cielo y su cabeza a punto de sumergirse bajo el agua.

Juanito, con gran valentía y sin pensarlo dos veces, se metió en el barro de inmediato. Con gran esfuerzo, sujetó al potrillo y trató de levantarlo para voltearlo, pero el lodo se resistía. Sin embargo, el niño no se dio por vencido y con paciencia empezó a mover el cuerpo del animalito, poco a poco, hasta que al fin pudo liberarlo.

El niño dejó a la cría junto a su madre, mientras iba por agua, un balde y una escobilla para bañar al pequeño que quedó cubierto de barro. Al terminar lo dejó muy limpio, pero este tenía mucho frío por el ambiente y el baño reciente, así que Juanito lo abrazó y lo mantuvo caliente hasta que pudo recomponerse y comenzar a caminar por cuenta propia.

El potrillo parecía feliz junto a la yegua que, por su mirada, transmitía una sensación de gratitud. Juanito se sentó en el suelo agotado por tremendo esfuerzo, pero a pesar del cansancio estaba feliz de ver cómo el potrillo pasó de pararse con dificultad a comenzar a corcovear de alegría. El animalito era hermoso, de color alazán rosillo, con un lucero blanco en la cabeza, así como sus pezuñas y cabello casi rubio.

Lo que no sabía Juanito era que su padre lo estuvo mirando todo este tiempo a lo lejos, montado en su caballo, como siempre vistiendo su traje de huaso y su elegante sombrero. Se acercó al niño y le dijo:

—Te vi todo el tiempo, vi cómo ayudaste al potrillo, sacándolo del lodazal para después bañarlo. Desde hoy, hijo, ese potrillo es tuyo, te lo ganaste. —Juanito no cabía en sí de alegría. Abrazó al pequeño animal y en voz baja, mientras lo acariciaba, exclamó:

—Que eres tonto... ¿Cómo fuiste a caerte en el barro, potrillo leso? —Debido a eso, el niño decidió llamar a su nuevo amigo el Tonto.

Juan y el Tonto, por mucho tiempo, disfrutaron de sus días, corriendo para todos lados. El Tonto amaba correr, podía estar horas corriendo y corcoveando mientras el niño reía y corría con él. Estaba orgulloso de su caballo y jugaba con él todos los días.

Al pasar el tiempo, el potrillo creció y creció, comenzando a reconocer la voz del niño, logrando que con solo gritar su nombre viniera corriendo hacia Juanito.

Debido a que jugar a correr juntos se convirtió en una actividad habitual para ellos, el equino tuvo la oportunidad de ejercitar sus músculos de manera constante, lo que se tradujo en un desarrollo muscular impresionante. Gracias a este entrenamiento, el animal logró alcanzar un nivel de velocidad y resistencia sobresaliente, convirtiéndolo en uno de los caballos más veloces y robustos de todo el fundo.

Una vez que el caballo creció, Juanito finalmente pudo montarlo y juntos cabalgaban a través de la amplia parcela a una velocidad vertiginosa. Con el niño aferrándose a él y abriendo sus brazos, la brisa fresca del campo soplaba a su alrededor, acariciando su rostro y sus cabellos, mientras percibía la intensa sensación de libertad que solo el Tonto podía proporcionarle. La felicidad que sentía Juanito al estar con su amigo de cuatro patas era indescriptible y cada vez que montaban juntos se afianzaba aún más la conexión entre ellos.

Cierto día el niño, al ver la habilidad de su caballo, quiso que participara en las carreras a la chilena que se llevaban a cabo entre Maule y Pueblecillo. Le puso el pellón y la cincha, todo lo necesario para que pudiese comenzar.

Tal como lo predijo, el Tonto ganaba carrera tras carrera, era imparable. Podía ver cómo los demás competidores acostumbraban a golpear con una varilla a sus caballos durante las carreras para que aumentasen la velocidad, pero con él no era necesario, sabía lo que debía hacer y corría con todo su esfuerzo en cada carrera. Juanito amaba a su caballo de manera incondicional y no podía imaginar su vida sin él.

Una noche, el padre de Juan revisaba sus cuentas y notó que su familia atravesaba por una crisis económica, no sabía qué hacer. En la temporada, las siembras habían estado mal, la sequía se hacía notar en la zona y pronto el mes terminaría, por lo que no podría pagar todos los gastos de la casa y mantener a su familia, debiendo tomar una decisión difícil.

Llamó a Juanito para conversar con él y le explicó la situación por la que la familia estaba atravesando, por lo que, con mucha angustia, le pidió que vendiesen al Tonto para así poder auxiliar a su familia.

El chico se llenó de pena, no sabía qué hacer, la familia dependía de esa decisión para poder mantenerse; por otra parte, no quería separarse de su amigo de tantos años. El joven confundido se sentó en una banca y tomó su cabeza tratando de pensar en una solución, pero la sensación de no volver a ver a su amigo hacía que sus ojos se llenaran de lágrimas y se nublara su mente.

Finalmente, después de mucho pensarlo, Juanito accedió.

Con angustia caminó al establo para ver a su amigo y lo abrazó llorando desconsolado, recordando todos los momentos que vivieron juntos, todas las carreras en las que tanto se esforzaron, los momentos difíciles en los que el Tonto estuvo para apoyarlo, las risas al viento mientras jugaban corriendo por el fundo y cómo el viento pasaba entre sus brazos al abrirlos mientras cabalgaba con su amigo.

Al otro día, Juanito visitó el establo para ver por última vez a su amigo y despedirse, pero el Tonto ya se había ido, su corral estaba vacío, así como su alma. El sentimiento de pérdida y soledad se apoderó de él, dejándose caer al suelo, abrazando sus rodillas mientras las lágrimas inundaban sus mejillas. La desesperación que sentía era inmensa, pues no podía aceptar que su fiel compañero se hubiera ido para siempre.

Con el corazón hecho pedazos, Juanito se sentó en el corral vacío del Tonto y lloró desconsoladamente hasta que el sol comenzó a ponerse en el horizonte.

Después de unos días, el padre de Juan notó cómo su hijo se encontraba triste y apático al ayudarlo con las tareas de la casa, no pudo evitar sentirse culpable por haber tenido que pedirle a su hijo que vendiera a su amigo más fiel. Con el corazón en la mano, decidió hacer algo para animar a Juanito y mitigar un poco el dolor que estaba sintiendo. Fue así como, con el dinero obtenido por la venta del Tonto, decidió comprarle una hermosa bicicleta color verde claro, con parrilla tipo asiento, buena luz y campanilla, un verdadero lujo para aquellos años, y que pocos niños podían permitirse tener.

La sonrisa que se dibujó en el rostro del chico al ver su regalo fue un bálsamo para el padre, quien se sintió un poco más aliviado al ver a su hijo disfrutar de su nueva posesión.

A pesar del dolor que sentía en su corazón, Juanito se dio cuenta de que debía hacer un esfuerzo por su familia y seguir adelante. Aunque nunca podría olvidar a su fiel amigo, el Tonto, confiaba en que ahora se encontraba en buenas manos y siempre lo recordaría con cariño. Decidió que era hora de dejar atrás la tristeza y centrarse en su futuro, en los sueños que quería hacer realidad y en las metas que deseaba alcanzar.

Capítulo 4
Juanito y el diablo en la tranquera

Durante sus vacaciones escolares, Juanito y sus hermanos trabajaban como cuidadores de viñas en el fundo Cajones, ubicado en la costa de San Javier, camino a Sauzal. Su trabajo era exclusivo y sin horario, lo que significaba que debían alojarse en chozas de ramas, construidas en forma especial, y estar atentos a cualquier situación en todo momento.

Para poder desempeñarse de manera adecuada, su padre, quien los amaba profundamente, se preocupó por comprar para cada uno de sus hijos un buen caballo, una montura y una escopeta calibre dieciséis. Además, agregaron una indumentaria tipo charro mexicano que consistía en un sombrero arremangado de alas, un cinturón de tiros amarrado al hombro y atravesado al pecho, un puñal en un costado y una hachuela chica en el otro. Completaban el atuendo con un chaleco de cuero nonato, pantalones cortos con flecos y botines tipo militar con soquetes arremangados. Juanito se sentía como el rey del mundo con la escopeta en la mano que, combinado con su buena puntería, producto de la práctica de muchos años, le hacía sentir invencible.

Durante las cenas, a menudo se tocaba el tema de que el diablo supuestamente aparecía en las tranqueras al ingresar a la viña. La madre de Juanito siempre estaba muy preocupada por él, por lo que cada vez que iba a salir a la viña le decía:

—¡Hijo, tenga mucho cuidado! Pase rezando el Padre Nuestro.

Algunos trabajadores habían tenido serias experiencias y contaban sus historias con temor. Incluso los animales se asustaban y los caballos emitían un bufido con sus narices por el miedo que sentían al pasar por donde aparecía el Cachúo, como le dicen en el campo.

Juanito argumentaba que jamás había sentido miedo del diablo y que por eso no hacía caso de los comentarios. Pero una noche, después de cenar muy tarde, su regreso a la viña se produjo alrededor de las once en una oscuridad total. La tranquera quedaba distante de la casa, aproximadamente a un kilómetro de ella; se sentía un silencio inquietante y lo único que se podía oír eran las pisadas del equino mientras caminaba por aquella viña. Todo iba bien como otras noches, pero al llegar al lugar mencionado su cabalgadura alzó sus orejas y lanzó el bufido de temor.

El chico recordó las experiencias de los trabajadores y la recomendación de su madre, pero estaba convencido de que esas cosas no existían. Por lo tanto, espoloneó al caballo para que avanzara y el animal lo hizo pero con dificultad, moviendo la cabeza de un lado a otro.

Al llegar al lugar aumentó el temor del animal, por lo que pleno de curiosidad y llenándose de valentía empuñó en su mano firme la escopeta, apuntando hacia el cielo, mientras en su mente le atormentaba la idea de creer o no en la existencia del diablo.

—¡Luzbel, Satanás, diablo o como quiera que te llames! ¡Si existes te ordeno que aparezcas!

No se escuchaba nada más que el latido de su propio corazón y fue entonces cuando vio en la cercanía esos ojos amarillos brillantes en la oscuridad que tanto mencionaba la gente, fijos en él como si lo estuvieran desafiando o amenazando.

Sin pensarlo dos veces, apuntó su arma en dirección a los ojos amarillos y disparó de inmediato, volándole la cabeza en el acto. El ruido del disparo fue ensordecedor, lo que causó que el caballo que montaba se asustara en una violenta reacción, por lo que Juanito tuvo que luchar para mantener el control sobre él. Afortunadamente, pudo mantenerse firme en la silla de montar mientras agarraba una linterna para investigar el lugar donde había disparado.

Mientras apuntaba la linterna a la zona iluminada, lo que vio frente a él lo dejó atónito. Los gruesos troncos de álamo se pudrían con el paso del tiempo y gran cantidad de luciérnagas daban paso a su luz, la cual se irradiaba a su alrededor, mientras que millones de hormigas aladas, sin tocar el piso, avanzaban hacia la luz de la linterna.

Juanito respiró con tranquilidad, no era el diablo quien había aparecido. En ese momento pudo comprender que los ojos amarillos y el temor de los animales al cruzar el sector se debía a las luciérnagas y a las hormigas que volaban en gran cantidad, ocasionando que se metieran en los ojos y oídos de los animales, lo que les causaba una sensación incómoda y dolorosa.

Juanito, al darse cuenta, respiró aliviado al pensar que el diablo que había visto no era más que una ilusión causada por la sugestión de la gente y la oscuridad del entorno.

Al día siguiente, cuando llegó a la viña, contó su experiencia a los trabajadores de la zona y no pudo evitar burlarse del miedo irracional y las tonterías que decían acerca del diablo, enseñándoles a los demás que no debían dejarse llevar por el temor y que era mejor armarse de valor para revelar la verdad detrás de sus miedos.

Desde entonces, Juanito se hizo aún más valiente y siempre recordaba la noche en la que enfrentó al diablo y sus ojos amenazantes, que resultaron ser hermosas luciérnagas y una multitud de hormigas voladoras.

Capítulo 5
Juanito y el bosque embrujado

Juanito, después de mucho tiempo, había logrado tener varios trabajos y esta vez era un empleado que había sido contratado por el dueño de una gran propiedad ubicada en el Cerro Peñalquín, camino a Constitución, para supervisar la explotación de un bosque que se encontraba en ese lugar y la extracción de su madera.

Era el encargado de todo en el ámbito administrativo y contable, además tenía experiencia en esas áreas ya que era contador y poseía experiencia en administración de recursos, además de muchas otras competencias necesarias para el trabajo a sus ya 50 años de edad.

El primer día de trabajo, en la mañana, Juanito organizó un campamento en el interior del bosque que iban a talar con todo lo necesario para que él y los trabajadores pudieran suplir sus necesidades básicas, logrando de esa manera agilizar y optimizar el tiempo que estuvieran laborando en esa zona.

Al cabo de unas horas, comenzaron la tala sacando sus motosierras, trasladando la madera con cuidado y ordenándola en una zona designada para su posterior retiro.

Era un día despejado, el sol no daba tregua con su calor abrasador, así que después de unas horas de trabajo duro, Juan y los demás se tomaron un descanso en una loma en las cercanías de la salida del bosque bajo unos árboles que proporcionaban una sombra reconfortante. Mientras descansaban, vieron a lo lejos a unas ancianas con una especie de paños en la cabeza y vestidos largos de color gris avanzando a paso lento por el camino que llevaba al bosque. Todos pensaron que eran mujeres de la localidad que iban en busca de plantas medicinales o algo parecido, así que no les prestaron mayor atención continuando con su charla.

Quedaba media hora para el término del descanso, así que se dirigieron a comprar unas cervezas y cigarros para continuar descansando a gusto. Al cabo de unos cuantos minutos, bajaron de la loma a través de unos árboles frondosos, llegando al camino principal.

En la entrada del bosque notaron unos círculos por donde ingresaron las ancianas. Al parecer las mujeres habían dado vueltas en círculos de manera extraña, lo que llevó a todos a deducir que se trataba de brujerías que habían realizado.

Juan sonrió de forma maliciosa y exclamó:

—¡Voy a ponerles una contra!

Se agachó y en son de burla puso unas pequeñas ramas en forma de cruz sobre los círculos de tierra que dejaron las ancianas, para luego dirigirse a comprar lo que necesitaban en grupo.

¡Cuál no sería su sorpresa cuando, a la vuelta de comprar las cosas en el almacén, notaron que los palitos estaban hechos cenizas!, lo cual impresionó a Juan y los demás.

¿En qué momento había pasado esto si no habían tardado nada de tiempo en volver ni tampoco vieron salir a las ancianas?

Nadie tenía idea de lo ocurrido, así que manteniéndose escépticos se dirigieron a su campamento al interior del bosque y se dispusieron a preparar todo para ir a dormir, ya que comenzaba a caer la noche y al otro día debían levantarse temprano para comenzar las labores sin sol y poder avanzar en la obra.

Ya todos dormidos, alrededor de las tres de la mañana, Juanito y todos los trabajadores escucharon fuera de las carpas unas risas escalofriantes, risas de ancianas que venían desde la copa de los árboles, por lo que todas las personas de ahí estaban aterradas.

Juanito, con valentía, tomó su escopeta y se dispuso a salir de la carpa para dispararles a las brujas que estaban afuera molestándolos, pero uno de los trabajadores le imploró que no saliera, pues podían hacerle algo raro.

Al comprender la situación, Juanito comenzó a sentir un poco de miedo y accedió a quedarse dentro, esperando a que las risas terminaran para poder seguir durmiendo, ya que tenían que seguir laborando temprano en la mañana.

Al día siguiente, a primera hora, comenzó la tala del bosque otra vez. Juanito se quedó en el campamento realizando sus labores administrativas mientras los leñadores trabajaban al otro extremo del bosque. Al cabo de una hora, notó fuertes y rápidas pisadas en dirección a donde los trabajadores realizaban su labor, así que se levantó de su silla y se dirigió al lugar a averiguar qué ocurría.

Corriendo con gran desespero salieron todos los leñadores, sus rostros estaban pálidos y se veían agitados por tener que correr entre tanta vegetación. Juan les preguntó qué había pasado y apenas pudieron recuperar el aliento le contaron lo sucedido.

Resulta que de la nada, entre los árboles, aparecieron unos soldados que vestían uniformes militares de la colonia, sin rostro y portando arcabuces. Los trabajadores, asustados, huyeron despavoridos de inmediato. Juan no sabía qué hacer, lo que había ocurrido era complicado de asimilar y era difícil de creer de no ser porque todos lo vieron al mismo tiempo.

Los leñadores tomaron sus pertenencias y salieron del bosque sin pérdida de tiempo, quedando Juanito sin trabajadores para continuar la tala del bosque y con una gran incertidumbre acerca de lo que había sucedido.

Marcos, uno de los trabajadores que permaneció en la obra, fue en busca de más leñadores para seguir con la labor, pero se negaron rotundamente ya que sabían lo que ocurría en ese bosque y habían escuchado lo sucedido hace unas horas, quedando así solo cuatro personas para retomar el trabajo, incluyendo a Juanito.

Más tarde, una empresa tomó contacto con el dueño del terreno y le propuso la idea de comprar la leña que habían talado hasta el momento, así que apenas se dio la orden fue un camión al lugar para retirarla, pero para sorpresa de todos al llegar se fundió el motor de la máquina, la cual estaba casi nueva. Volvieron a mandar más camiones y por distintos motivos ninguno pudo subir a la cima del cerro, a pesar de que el camino no representaba dificultad alguna para cualquier vehículo, el cual era una ruta alternativa como camino vecinal de los lugareños. El mismo día, uno de los tres trabajadores que quedaba se movilizaba en su jeep, cuando de la nada se levantó en el aire por unos segundos como si no tuviese gravedad, quedándose mirando en dirección contraria y posándose al borde de un precipicio como si algo les dijera: «regresen por donde vinieron».

Todo esto ocurrió mientras Juanito estaba a cargo, por lo que al enterarse de todo pensó: «Esto fue culpa de las brujas, algo me hicieron».

Así que consultando y preguntando entre sus conocidos, dieron con el paradero de una muy buena bruja que sacaba maleficios y brujerías, que vivía al interior de la comuna de San Javier.

Juan, Marcos y otro de los trabajadores que quedaba llamado Vicente, se dirigieron a visitar a la bruja. Ella se encontraba barriendo afuera de su casa tranquilamente, la cual estaba rodeada de grandes álamos y sauces.

La mujer tenía aspecto de la típica señora de campo, con polleras largas a la antigua, para nada podía uno sospechar que tenía conocimientos acerca de lo sobrenatural. Los tres se acercaron a ella y en cuanto los vio llegar de inmediato les dijo:

—¡Ah, ustedes son los del bosque!

Juan y sus compañeros quedaron atónitos ante las palabras de la bruja, la cual los invitó a pasar y una vez allí le explicaron lo sucedido a la anciana, la cual al escuchar lo acontecido se levantó, buscó entre sus cosas y sacó tres bolsas de hojas secas con un fuerte olor a azufre.

—Este es un trabajo muy difícil, así que tengan cuidado. No sabemos qué pueda pasar ahí y si los problemas continúan no regresen porque no conozco otro medio para sacar el mal. Deben quemar estas bolsas, una por día, junto a algún arroyo o canal dentro del bosque para luego tirar las cenizas al agua.

Juan tomó las bolsas, las guardó en su bolso, le pagó tres mil pesos a la anciana y le agradeció por su ayuda, volviendo con su grupo al vehículo para ir en dirección al campamento y descansar.

Al día siguiente, Juanito se dispuso a hacer lo que la anciana le dictó, junto con Marcos y Vicente, pero al recordar las palabras de la mujer se negaron ambos diciéndole:

—Vaya usted nomás, don Juan. No creemos en esas cosas. —Dejaron a Juanito solo para realizar la tarea.

Juanito tampoco creía en estas cosas, pero su curiosidad fue mayor, así que fue directo a realizar lo indicado por la anciana. Buscó por toda la zona el lugar idóneo para quemar las bolsas, para encontrar después de unos minutos de recorrido un riachuelo que bajaba, perdiéndose entre los árboles. Limpió un lugar plano junto al arroyo que estaba lleno de hojas secas para no causar un incendio y lo dejó bien despejado para encender la primera bolsa. Juan acercó un encendedor y esperó, mirando con curiosidad cómo la bolsa se quemaba poco a poco.

Pronto comenzó a sentir algo extraño a su alrededor, dejándolo alerta. Las hojas se movían levemente hasta que pronto comenzaron a volar; un viento fuerte y poderoso comenzó a mover los árboles con fuerza. Juan estaba atónito y asustado, sin entender lo que estaba sucediendo, pues la llama de la bolsa permanecía inmóvil en el mismo lugar sin que le afectase el viento, como si nada estuviese pasando.

El viento seguía moviendo todo a su alrededor en un remolino gigante que se elevaba hasta la copa de los árboles, siendo más extraño que los que se encontraban a unos cuantos metros del lugar no se movían ni un poco al igual que la fogata.

El joven no sabía cómo reaccionar, estaba transpirando y desesperado, con los pelos erizados, sintiendo que estaba en peligro. Incluso llegó a implorar la ayuda de Dios en su mente, esperando y pidiendo que el viento cesara. La llama poco a poco se empezó a consumir y cada vez se hacía más pequeña, pero mientras más se consumía más intensa era la fuerza del remolino.

Finalmente, después de unos minutos de terror, la llama se apagó y el viento se detuvo de manera abrupta. Juan se quedó allí, temblando, tratando de entender lo que acababa de suceder. Movió lo que quedaba del fuego con el pie y arrojó las cenizas al agua para luego regresar corriendo al campamento, todavía impresionado por lo que había visto. Les contó a los demás lo que había sucedido, pero como ellos no habían sentido nada a pesar de que estaban en el mismo bosque quedó como un exagerado que se había dejado llevar por su imaginación.

Al día siguiente los volvió a invitar a quemar la segunda bolsa, pero argumentaron que estaban ocupados y no querían tener que darse el trabajo de caminar cuesta abajo a la quebrada. Juanito pensó en no ir, pero ya había comenzado el trabajo que le había mencionado la anciana, además de que lo ocurrido se había sentido tan real que de no ser por eso no habría creído, así que volvió a aquel arroyo para quemar la segunda bolsa.

Puso la bolsa en el mismo lugar que había preparado, sacó su encendedor y le prendió fuego. Al cabo de unos minutos nada sucedía, dejando a Juanito desconcertado.

«¡Qué raro!», pensó para sí mismo. Sin embargo, en el momento en que terminó de pronunciar esas palabras en su mente, un fuerte ruido sacudió el bosque, como si olas gigantes estuvieran chocando contra las rocas en el mar, haciendo que las aves del lugar volaran espantadas.

Juanito se sobresaltó, asustado por el ruido ensordecedor que parecía no tener explicación, mirando para todos lados y esperando a que algo más ocurriese. Cuando el ruido cesó, el fuego se apagó de forma abrupta, dejando el bosque en completo silencio. Así que, sin demora, lanzó las cenizas al agua con su pie y decidió retirarse del lugar de inmediato.

Marcos y Vicente estupefactos corrieron al ver a Juanito llegar al campamento para preguntarle la razón de tal estruendo. Fue ahí cuando creyeron en lo ocurrido, por lo que al otro día, camino a quemar la última bolsa, decidieron acompañarlo para ver con sus propios ojos lo que podía pasar.

Juanito preparó el terreno nuevamente, limpiando las hojas secas que había en la zona y quemó la última bolsa. Sus compañeros miraban a su alrededor temerosos, esperando que algo ocurriese pero nada pasaba. Desilusionados tomaron una postura relajada, pero de inmediato ocurrió lo que esperaban.

Una densa niebla negra y un fuerte olor a azufre llenó el bosque, haciendo que incluso desde el exterior se pudiese notar cómo los árboles estaban envueltos en una especie de humo negro.

Un remolino de humo negro rodeó a los tres hombres que estaban junto a los restos de la bolsa que ya había sido consumida. Las hojas y los árboles se movían violentamente junto con el humo, mientras ellos observaban temerosos el increíble acontecimiento, hasta que por fin el humo comenzó a disiparse, quedando los tres con la respiración agitada. Ninguno de ellos pronunció una palabra, Juan echó por última vez las cenizas al agua y salieron del lugar.

Todos quedaron impresionados, no podían explicar lo sucedido. Juanito ya se sentía más tranquilo pensando que por fin su embrujo se había deshecho y, en efecto, era así. Lo que no sabía era que ese humo negro al quemar la última bolsa era signo de que las brujas habían hecho un trato con el diablo para encantar el bosque, por lo que la bruja blanca era consciente de que la mejor manera de quitar el embrujo sobre Juanito era limpiar el bosque también.

Después de un tiempo, Juanito desistió de seguir trabajando ahí al igual que los demás trabajadores que quedaban, así que se retiró en busca de un nuevo empleo. El dueño envió a otros trabajadores para talar el bosque y sin problemas pudieron hacerlo, además de vender la madera.

Días después, Juanito se enteraría de que el dueño falleció en un accidente automovilístico de manera misteriosa.

¿Habrá ocurrido eso por obra de las brujas en venganza por talar el bosque?

No lo sabemos, pero lo que sí sabemos es que Juanito aprendió una gran lección acerca de lo desconocido, que en la región del Maule o el resto del país hay muchos misterios sin resolver y que en este mundo todo puede pasar.

Capítulo 6
Juanito y su don

A veces, sin darnos cuenta, poseemos habilidades que desconocemos totalmente y que quizás nunca podamos descubrir, permaneciendo latentes en nuestro interior sin siquiera sospechar. Pero, en este caso, Juanito sabía que las tenía y quiso usarlas por el bien de un amigo, uno muy especial.

Él ya estaba casado, se había enamorado de una hermosa mujer llamada Rosa, a la cual había cautivado con su canto y habilidad para tocar la guitarra. En ocasiones, cuando cantaba y tocaba en el escenario, él la miraba y le dedicaba cada una de ellas. Ella lo acompañaba siempre que había algún evento musical por la región, alguna actividad que compartir en pareja o una junta con amigos, ya que eran unas personas muy sociables.

Dentro de esas juntas con amigos, también estaba el apoyo en situaciones difíciles y, en este caso, un querido amigo de ambos había fallecido. Acudieron al velorio en una casa ubicada en la calle Diagonal de Talca para darle la despedida correspondiente y las condolencias a la familia del difunto.

Al tercer día, después de que el amigo había sido sepultado, Juanito y Rosa acudieron a la casa de la esposa del difunto para ver unos documentos contables, ya que Juanito además de ser su amigo también era su contador. Además de eso, también tenían la intención de conversar con ella para tratar de apaciguar un poco el dolor que tenía por la pérdida de su compañero de vida.

La conversación fluyó esa noche entre los tres, mientras compartían un café y algunas galletas. La esposa, visiblemente afectada, agradeció la presencia de Juanito y Rosa en esos momentos difíciles, ya que habían compartido bellos años de amistad.

Mientras revisaban los documentos en el comedor, la esposa, un poco inquieta, quiso contarles acerca de ciertos sucesos que habían ocurrido en los últimos días.

Contó que había sentido en varias ocasiones la presencia de su marido en la casa, que se encendía la televisión de la nada; además escuchaba ruidos en el baño durante la noche o el día. Incluso, en las noches, sentía cómo se recostaba a su lado y notaba cómo se hundía la cama.

La casa estaba en silencio, mientras la mujer les relataba los acontecimientos recientes y solo podían oírse sus voces, hasta que, de un momento a otro, estas fueron interrumpidas por unos pasos que se oían en el primer piso, para luego llegar al comienzo de la escalera y subir hacia la sala en donde ellos se encontraban.

—Ahí viene... —exclamó la señora mientras se volteaba hacia la escalera. Reconocía sus pasos, para ella eran inconfundibles.

En ese momento Juanito, que tenía gran sensibilidad para percibir presencias, comprendió las intenciones de su amigo, pidiéndoles a las dos mujeres que abandonaran la sala y lo dejaran solo para conversar con su amigo y averiguar qué necesitaba. Rosita y la esposa del difunto se fueron a la habitación contigua, dejando a Juanito sentado en una de las sillas del comedor, junto a un portafolio abierto en donde había papeles importantes acerca de la contabilidad de la familia.

La casa quedó en silencio nuevamente y de manera súbita el maletín se cerró.

—¿Qué pasa, amigo? ¿Qué te aflige? Cuéntame, quiero ayudarte —dijo Juanito en voz baja, cerrando los ojos.

Él presentía que su amigo lo estaba mirando y estaba ahí, así que con toda disposición se relajó y esperó a que pudiese hacer acto de presencia, comenzando a sentir un escalofrío por el cuerpo con una gran debilidad. Luego, de forma súbita, pegó el mentón a su pecho, percibiendo una extraña y desesperada necesidad de escribir.

Juanito quedó en un trance, podía ver todo pero no sentir nada, estaba casi sin consciencia. Se acercó a la mesa del comedor de manera involuntaria, en donde estaba el maletín, unos documentos y un lápiz, y comenzó a escribir algo lentamente.

Al terminar, Juanito soltó el lápiz y recuperó la conciencia. Su brazo estaba demasiado frío, blanco y arrugado, como si se tratase del brazo de un hombre de 90 años; usaba una camisa de mangas cortas así que era bastante notorio. Trató de ponerse de pie en ese momento pero era imposible, de alguna manera había perdido toda su energía. Juanito llamó a las mujeres que se encontraban en la otra habitación para que se acercaran y, con las fuerzas que le quedaban, les dijo que ya había terminado, para luego pedirle de favor a su esposa que frotara su brazo masajeándolo y así recuperar la circulación y calentarlo. Poco a poco volvió a la normalidad y, para recuperar su energía, la esposa del difunto le dio una copa de un licor algo fuerte para que se repusiera.

Ya una vez recuperado, Juanito les contó lo que había sucedido y les mostró el papel en donde había escrito, haciendo que la esposa, al momento de leer el papel, soltara unas lágrimas.

Juanito había escrito la palabra: «hotel», con la misma letra del amigo difunto.

Habían presenciado algo increíble, pero lo importante en ese momento era la palabra que había escrito en aquel papel. De inmediato, Juanito recordó que su amigo se había estado alojando en un hotel a las afueras de Talca debido a su trabajo, así que de inmediato les contó la situación a las presentes y quedaron en ir a ese lugar al día siguiente.

Al otro día, a primera hora, los tres se reunieron y se dirigieron al lugar acordado. Para llegar al hotel, tenían que pasar por el mismo camino en donde había ocurrido el accidente y, al pasar por ahí, Juanito de manera involuntaria puso las luces intermitentes y paró su vehículo a una orilla del camino, exactamente donde había ocurrido el trágico acontecimiento.

Su esposa y Rosa se extrañaron, preguntándole qué ocurría, pero Juanito no contestaba, solo se bajó del vehículo y comenzó caminar a un punto específico, como si supiera que había algo ahí. Caminó unos cuantos metros, bajando directo hacia el lugar en donde ocurrió el accidente y para su sorpresa encontró varios documentos de su amigo junto a algunas otras pertenencias. El solo imaginar qué tan grande debió ser el impacto para que las cosas saltasen a esta distancia, hizo que Juanito se sintiera triste por la experiencia que su amigo debió pasar en ese momento, pero mientras pensaba en ello, tomó unos últimos documentos y pudo encontrar lo que probablemente su amigo quería que encontrase. Eran unas escrituras de propiedad a nombre de sus hijos, intactas, entre algunos arbustos.

La mujer, al recibir estos documentos de parte de Juanito, no cabía en sí de la emoción. El amor de su vida seguía preocupado por su familia, incluso después de la muerte.

Juanito y Rosa trataron de calmar a la mujer que lloraba con una mezcla de felicidad y tristeza al saber que su amado aún seguía ahí. Después de unos cuantos minutos, la mujer pudo calmarse, limpió sus lágrimas sacando un pañuelo de su cartera y continuaron el viaje hacia el hotel.

Al llegar, estacionaron el vehículo y entraron al lugar en donde encontraron al encargado del hotel y consultaron acerca de la habitación a nombre del difunto. El hombre accedió a darles las llaves de la habitación y entraron para revisar el lugar, encontrando un poco de ropa, papeles y otras pertenencias. Pero al revisar el velador al lado de la cama, en el cajón, encontraron una pequeña caja, la cual contenía una gargantilla de oro que el difunto planeaba regalar a su esposa.

La mujer tomó la gargantilla y la puso en su pecho con una sonrisa leve, mientras una lágrima caía por su mejilla comprendiendo que su esposo siempre la iba a cuidar y a sus hijos, que desde donde sea que esté, los amará y los cuidará hasta el día en que se puedan volver a encontrar.

El amor, esa emoción que a veces surge de forma inesperada y puede llegar a ser tan intensa y profunda, es capaz de trascender más allá de las limitaciones de la vida y la muerte. Incluso, cuando ya no están físicamente presentes en nuestras vidas, las personas que amamos y que han fallecido permanecen vivas en nuestro corazón, apoyándonos y protegiéndonos con su amor incondicional. Así, en los momentos más difíciles, podemos sentir su presencia reconfortante y recordar el legado de su amor que nos acompaña cada día de nuestras vidas y nos ayuda a seguir adelante con fuerza y determinación.

Capítulo 7
Juanito y el perrito de don Raúl

Es común guardar en la memoria las experiencias compartidas con amigos, sobre todo cuando estos han sido constantes a lo largo de la vida. Estos amigos se convierten en confidentes de los deseos más profundos y en un apoyo fraterno en momentos cruciales. La siguiente historia narra una anécdota entre Juanito y su gran amigo Raúl Moya Troncoso, quienes durante más de quince años fueron compañeros de caza en los meses de junio y julio.

Raúl poseía un perro excepcional para la caza de perdices y cada fin de semana se preparaban desde el día anterior para salir a cazar los domingos. Dado que ambos tenían oficinas en el centro de Talca, les resultaba sencillo reunirse y planificar la próxima jornada de caza.

Cada mañana de caza, hacían una parada en una chanchería llamada El perro, donde Raúl solía decir en el mostrador, como si estuviera en una de las cantinas de las películas:

—¡Lo de siempre! —Se trataba de dos perniles para el desayuno y un costillar con cuero para el almuerzo. Luego, repetían la misma frase en la botillería Santa Cecilia para adquirir una garrafa de vino tinto.

Una vez equipados, partieron a cazar al sector Barros Negros en San Clemente. Al bajarse del vehículo calefaccionado, una leve brisa fría acariciaba sus mejillas y narices, anunciando la proximidad de la lluvia. De inmediato descargaron sus pertenencias, bajaron el perrito y se dirigieron a un predio cercano a la vía pública que presentaba un atractivo restrojo, donde intuían que podrían encontrar perdices. Al observar la zona, notaron una casa en el potrero colindante, así que se acercaron al lugar y buscaron al propietario quien salió de inmediato con un gran perro negro, mezcla de pastor alemán con alguna otra raza indefinida.

Don Raúl enseguida tomó a su perro perdiguero, llamado El Yiyo, que era un pequeño can de raza setter, para evitar que el otro que era enorme, con pecho musculoso y gran hocico provisto de afilados dientes, pudiese hacerle daño.

—¡Buenos días, caballero! —exclamaron ambos al unísono—. ¿Será posible entrar al potrero a ver si sale alguna perdicita?

—Pase nomás, amigo. —De inmediato ambos le dieron las gracias y se encaminaron a aquel terreno, no sin antes bajar al perrito para que caminara al lado de ellos.

Al ver que el propietario del pequeño perro lo dejó en el suelo, quiso advertirle a don Raúl acerca del peligro que podría correr al dejarlo suelto ya que el suyo lo miraba con hostilidad.

—¡Tenga cuidado, amigo, mire que mi perro se lo puede lastimare!

—¡No se preocupe, amigo! —dijo con una sonrisa don Raúl—. Se van a hacer amigos.

Enseguida, el perro del propietario del terreno se acercó a El Yiyo, comenzando a reconocerse entre ellos como los perros suelen hacerlo.

Al ver la escena, los tres comenzaron a conversar acerca del clima, las siembras y cualquier otro tema que saliese mientras, poco a poco, a los perros se les ponían los pelos de punta terminando todo en una agresiva pelea en medio de la calle.

—Le dije, caballero, que mi perro era de cuidado, además de que su perro es mucho más chico que el mío —replicó el dueño del perro negro.

—No se preocupe, ya van a dejar de pelear —contestó don Raúl, con toda calma.

Apenas comenzó la pelea, El Yiyo ya tenía al imponente perro negro en el suelo, sujetándolo por el cuello. El dueño, con las manos en las caderas, tenía los ojos abiertos como platos, sorprendido de que su feroz y musculoso can, vencedor en múltiples enfrentamientos con otros canes de la zona, estuviera siendo sometido por un pequeño setter de ciudad. Estaba atónito, alternando la mirada entre el diminuto perro y don Raúl, buscando alguna explicación a lo que estaba presenciando.

—Pero... ¡PU%$#, EL PERRITO! —exclamó, observando una y otra vez al perro pequeño y a don Raúl, quien esperaba con paciencia a que el Yiyo soltara a su contrincante—. ¡Sería leseo que le vinieran a pegar al mío en su propia casa! —agregó con indignación.

Finalmente, incapaz de soportarlo más, el perro negro salió corriendo con la cola entre las patas, mientras El Yiyo gruñía desde su posición.

Don Raúl se aproximó con cuidado, levantó al pequeño perro en sus brazos y comentó:

—No sea cosa que le pase algo a mi perrito. Hasta luego, caballero, y gracias por autorizarnos a cazar en su predio.

Ambos se dirigieron hacia su vehículo y se alejaron lentamente en busca de un sitio más propicio para cazar. Los amigos se despidieron del dueño del terreno por la ventanilla exclamando un ¡hasta luego, amigo!, y mientras se alejaban pudieron observar cómo el hombre seguía observándolos con las manos en la cintura, los ojos abiertos de par en par y gritando una y otra vez en la distancia:

— ¡Pero, PU%$#, EL PERRITO! ¡Pero, PU%$#, EL PERRITO!

Capítulo 8
Juanito y el payador victorioso

Esta historia ocurre en el primer encuentro de cultura criolla provincial en el año 1976, llevado a cabo en Medialuna de Rodeo de Talca, donde nueve comunas concurrieron a la muestra presentando, en diversas competencias, una reina, una pareja de cueca chilena, hilanderas, un jinete para tirar en riendas y un payador. Juanito emergía como un protagonista insospechado, convocado para asumir las riendas del evento en calidad de director y coordinador general.

Por aquel entonces, su morada laboral era en la ilustre municipalidad de Pencahue, donde se desempeñaba como jefe de administración y finanzas, entre otras incumbencias, en una era en la que las nóminas de los municipios pequeños no se componían sino de unos pocos nombres.

Con la batuta del evento en sus manos, Juanito anhelaba que su comuna, Pencahue, resplandeciera en el escenario, así que eligió a don Sergio León Ávila, conocido por todos como el Keko, vendedor ambulante de helados, como el payador que los representaría.

En la oficina de la municipalidad, Juanito entrenaba al Keko como un diamante en bruto.

—Dime una paya sobre la luz, Keko —retaba Juanito y las payas fluían de inmediato. Para el alcalde, para las suegras, las respuestas surgían sin titubeos.

Estás bien preparado, pensó Juanito, sin sospechar lo que el destino tenía reservado.

Sin embargo, la amplificación del evento no era la mejor, así que Juanito advirtió al Keko que el micrófono debía estar pegado a su barbilla y no sacarlo de ahí en ningún momento, solo así las palabras no se perderían, todo se entendería y alcanzaría los oídos hambrientos del público.

Llegó el día y en el corazón de la medialuna se alzó un escenario donde las candidatas a reinas desfilaban para el evento y las cantoras demostraban sus habilidades. Pronto se alzó una voz que convocaba al alma de la multitud, anunciando:

—¡En este rincón, el payador representante de la comuna de Maule, sector Duao, don Manuel Ramos! — aplausos resonaron, aclamando al payador. En el eco de la misma voz, se realizó otro anuncio—: Y en este otro rincón, el representante de Pencahue, don Sergio León Ávila.

Apenas comenzó el evento, el payador de Maule disparó una paya con saña, buscando una reacción del representante de Pencahue en un enfrentamiento verbal. El Keko lanzó una paya de inmediato, pero hacia las autoridades presentes, evitando el enfrentamiento, haciendo que, una y otra vez, el payador de Maule lanzara una paya en contra de su persona.

—¿Qué es lo que pasa, amigo? ¡Contesta pus, payador aturdío! ¿Me tenís miedo o estay enfermo de frío?

El Keko no sabía qué hacer y debido al nerviosismo volvía a decir una paya pero dirigida a las candidatas a reina. Así continuó por unos minutos, mientras el oponente lo atacaba una y otra vez con sus payas.

El Keko, ya nervioso, se acercó al borde del escenario, buscando a Juanito que observaba desde abajo. Bajando la voz y apenas separándose del micrófono adherido a su barbilla, confesó con urgencia:

—On Juanito, quiero bajarme, este otro me está cagando. Si seguimos con las payas me va a terminar ganando.

Juanito notó que el Keko, poco a poco, perdía el interés por seguir con la competencia, así que tratando de darle confianza le indicó que siguiese adelante y continuara con el enfrentamiento, pero él insistía en que no quería seguir.

—Es que me está cagando, me tiene agarrao del pelo y va a terminar conmigo a la rastra por el suelo.

Debido a que Juanito le mencionó con anterioridad que debía mantener su micrófono pegado al mentón en todo momento, el público escuchó todo lo que decía el Keko, haciendo que la gente comenzara a reír a más no poder debido a las payas «improvisadas».

Finalmente, el locutor declaró el enfrentamiento concluido y cedió la palabra al público como jurado que con sus aplausos se convertiría en el veredicto final.

—¡Aplausos para el payador de Maule! —Algunos aplaudieron, pero la voz del pueblo fue unánime en su decisión—. ¡Aplausos para el representante de Pencahue! —los gritos se entremezclaban con los fuertes aplausos del público y el veredicto fue una verdad indiscutible—: ¡¡¡GANÓ EL KEKO!!!

Con el resplandor de la victoria, llegó la revelación: el Keko no improvisaba, sus versos finales nacían sin pretenderlo, dejando en evidencia su genialidad y terminando en risas de ambos mientras celebraban.

El Keko era una persona muy conocida en Pencahue, estuvo presente en la infancia de muchos de los habitantes, vendiendo sus helados con su cajita hecha de plumavit y avisando su llegada con la característica cornetita. Era muy querido por todos y había veces en que algunos niños no tenían dinero para un helado y él los regalaba con una sonrisa. Debido a esto, fue reconocido por todo el pueblo durante muchos años por vender helados hasta su fallecimiento. Hoy en día, hay una placa en su honor en la Plaza de Armas de Pencahue, contando un poco sobre la historia de este gran hombre y, claro, quedará en la memoria de todos los niños de esos tiempos que hoy ya son adultos, siendo parte de una linda infancia.

EN MEMORIA DE NUESTRO HELADERO DE P

SERGIO ANTONIO LEÓN ÁVILA.

(09-06-1934 • 10-11-2020)

KEKO

PERSONAJE TÍPICO Y QUERIDO DEL PUEBLO
CAMPESINAS. HOMBRE ESFORZADO, PERSE
Y POR EL CARIÑO CON EL CUAL OFRECÍAS TU
TAN CARACTERISTICO.

HOMBRE GUERRERO, VIAJERO DE LLANOS Y
HUELLA EN CADA RINCÓN QUE CRUZABAS.
Y HOY PERMANECES POR SIEMPRE EN NUEST

CUANDO SONABA TU FAMOSA CORNETA
QUEDASTE EN LA MEMORIA DE NUESTRA N
TE DAMOS LAS GRACIAS.

NOS DISTE TODO CUANTO TENÍAS,
CAMINANTE INCANSABLE LLEGASTE AL FIN

PENCAHUE SIENTE ORGULLO Y AGRADE
VENDEDOR Y AMIGO DEL PUEBLO.

AGRADECIMIENTOS A LA ILUSTRE MUNICIPALIDAD DE PENCAHU

PENCAHUE DICIEMBR

Capítulo 9
Juanito y su amigo

Pasaron muchos años y Juan se convirtió en un hombre adulto, maduro y responsable. Aquel niño que una vez pedaleaba en su bicicleta a la ciudad, ahora era un hombre ejemplar. Gracias a su trabajo arduo y constante, logró con el tiempo ahorrar lo suficiente para comprarse un automóvil blanco, muy lindo, el cual utilizaba para viajar a Talca a realizar su actividad laboral. Mientras Juan viajaba en su vehículo por el campo en un día soleado, sus ojos se toparon con un caballo de edad avanzada en una parcela cercana. Algo en su aspecto le resultó extrañamente familiar, lo que lo llevó a detener su automóvil a un costado del camino para acercarse a la cerca y observarlo con más detenimiento. Al instante, reconoció al animal y sintió que su corazón latía con fuerza: ¡era el Tonto!

La emoción lo invadió mientras contemplaba al caballo y se preguntaba si, después de tantos años, había reencontrado a su querido amigo.

—¡Toooonto! ¡Tonto! ¡Tonto! ¡Toooonto! —gritó con ese pequeño canto particular con el que llamaba a su amigo, poniendo sus manos alrededor de su boca, esperando una reacción de parte del equino, el cual levantó la cabeza y sin demora corrió hacia él, pasando su cabeza sobre la cerca para acercarse a Juan bufando de alegría. Él, de inmediato, abrazó al caballo mientras acariciaba su pelaje y reía de felicidad, pensando en todos esos momentos en donde anheló poder volver a ver a aquel pequeño potrillo que le dio tantas alegrías, su camarada de aventuras, su compañero de juegos, su fiel amigo.

Al ver a su querido caballo, Juan sintió un fuerte anhelo por volver a tener al Tonto con él, así que al saber dónde encontrarlo, se propuso a comprarlo. Comenzó a trabajar sin descanso y a ahorrar todo lo que pudiera para reunir el dinero necesario sobre lo que valía un caballo en ese entonces, hasta que por fin, al cabo de un mes y unas pocas semanas, pudo lograrlo.

Contento de al fin tener el monto necesario, se subió a su vehículo y se dispuso a visitar al dueño del fundo donde encontró al Tonto, pensando en el camino la dicha que tendría de al fin tenerlo con él nuevamente.

El lugar se encontraba a unos minutos del pueblo de Maule, así que no tardó mucho en llegar. Estacionó el automóvil afuera de la casa colindante con el fundo y divisó a lo lejos un hombre que parecía ser el dueño del lugar.

Con una mezcla de emoción y nerviosismo, le explicó la situación al campesino y describió con detalle las características del animal que pastaba en su fundo reconociéndolo de inmediato.

—Sí, amigo, reconozco al caballo, pero lamento decirle que falleció de viejo hace un par de semanas.

Al escuchar eso, Juan quedó inmóvil sin poder asimilar lo que escuchaba mientras pensaba: —¿El Tonto habrá esperado todo este tiempo para volver a verme y al fin pudo descansar en paz?

Le agradeció al hombre por su tiempo y caminó en dirección a su vehículo, cabizbajo, apoyándose sobre la misma cerca donde acarició al caballo por última vez, mirando al cielo, pensando en que el Tonto al fin pudo descansar en paz y agradecido de haberlo visto por última vez antes de que partiera.

Juan se sintió triste al perder a su amigo otra vez, pero siempre recordando con gratitud las aventuras, las carreras, su último encuentro y las alegrías que compartieron juntos por tantos años en aquellas praderas verdes llenas de vida. A pesar de que el Tonto ya no estaba físicamente con él, vivirá en su corazón para toda la eternidad.

Epílogo

Juanito, durante su vida, se dedicó a muchos trabajos: contador, sacó un diplomado en Comercio Exterior, fue veterinario agrícola, técnico en apicultura, jefe de finanzas de la Municipalidad de Pencahue (VII Región), Río Claro (VII Región) y Futaleufú (X Región), concejal de Pencahue, entre muchas otras ocupaciones, pero la que más destaca siempre es su etapa de artista.

Durante el año 1968, siendo estudiante del Instituto Superior de Comercio de Talca, Juanito se incorporó como miembro del coro del liceo, en donde destacó como primer tenor y fue cuando apelando a sus conocimientos naturales en armonía de voces además de la práctica adquirida, organizó un cuarteto en el género folklórico llamado «Los Patricios» junto a sus hermanos y amigos.

Este grupo fue muy popular en esos años, asistiendo a festivales como el Festival del Huaso de Olmué, recibiendo el Laurel de Oro en 1970 otorgado por la prensa como «El conjunto revelación del año» y Festival de Viña del Mar ganando la Gaviota de Plata en el año 1971. Tuvieron actuaciones en radios e hicieron giras por Perú apareciendo en el canal 4 y 5 de televisión.

NANO PARRA y LOS PATRICIOS
XII festival internacional de la canción
viña del mar chile

Hoy a sus 78 años, vive en Pencahue, en un restaurante atendido por su esposa Rosa, en donde deleita a los comensales con su habilidad para la guitarra y el canto, y yo, su hijo Manuel, los ayudo de mesero y acompaño en el canto.

Todas estas historias le ocurrieron a mi padre, Juan Manuel González González (Juanito), y quise contarlas ya que él me las relataba. Siempre me encantó escucharlas, tanto a mí como a cada persona que conversó él; siempre es muy sociable, cálido y amistoso. A mis 32 años, tomé la decisión y el valor de escribirlas para que queden en el recuerdo de mi familia, futuros hijos, nietos, y muchas generaciones más, pero además, quise compartirlas con el mundo, para que lectores y lectoras de todas las edades pudieran reír, emocionarse y disfrutar con los relatos de la vida de mi padre.

Juanito a la edad de 11 años

Juanito y Rosa en la actualidad (78 y 69 años)

Agradecimientos

Agradezco a mi familia que siempre ha estado conmigo, brindándome ánimos para seguir adelante, criándome con cariño, dedicación y amor incondicional.

A mi madre, que siempre ha estado presente en los proyectos que he emprendido.

A mi padre, por ser un ejemplo, dándome su cariño y experiencia, además de ser el protagonista de este libro y haberme contado estas historias que me inspiraron.

A mis amigos, por apoyarme en la decisión de publicar este libro, darme su valiosa amistad y ser una fuente de inspiración para lograr mis objetivos.

También un agradecimiento especial a Jorge Alcaíno por su dedicación, entregando hermosas ilustraciones y contribuyendo a la lectura nacional.

Y un agradecimiento especial a Bernardo González Koppmann por motivar a mi padre a dar a conocer estas entretenidas y hermosas historias, siendo un gran escritor.

EDIQUID

www.ingramcontent.com/pod-product-compliance
Lightning Source LLC
LaVergne TN
LVHW040954150826
845672LV00002B/702

* 9 7 8 6 1 2 5 1 6 0 0 8 9 *